ACADÉMIE DES JEUX FLORAUX

Concours de 1880

KIOUNI

POÈME

MENTIONNÉ ET INSÉRÉ AU RECUEIL DE L'ANNÉE

TOULOUSE

IMPRIMERIE DOULADOURE

rue Saint-Rome, 39

1880

Y+

ACADÉMIE DES JEUX FLORAUX

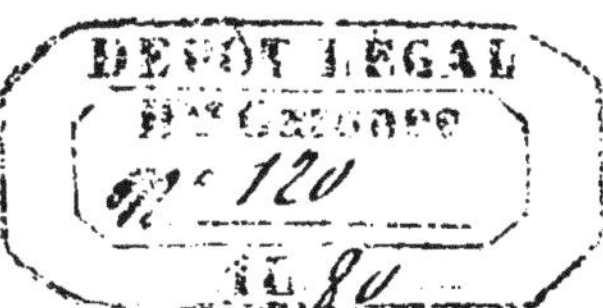

Concours de 1880

KIOUNI

POÈME

MENTIONNÉ ET INSÉRÉ AU RECUEIL DE L'ANNÉE

TOULOUSE

IMPRIMERIE DOULADOURE

rue Saint-Rome, 39

1880

KIOUNI

ΑΝΑΓΚΗ

I

La nuit était tombée embrasée et bleuâtre
Sur le Gange endormi, les jungles et les bois,
Les caïmans pleuraient au bord de l'eau saumâtre,
Et sur l'horizon teint des reflets de l'albâtre,
Bénarès profilait la blancheur de ses toits;
Nul souffle ne troublait cette lourdeur superbe,
L'accablement serein pesait de tout son poids,
Seulement aux bruits sourds qui s'échappaient de l'herbe,
Un tigre, par instants, mêlait sa grande voix.
Les caroubiers faisaient de l'ombre avec leurs palmes,
Le lotus sur les eaux courbait son parasol,
Et l'on voyait parmi les tamariniers calmes
Des guêpards allongés qui rampaient sur le sol.

Un colossal parfum de sandal et de myrrhe
Des pétales gluants se dégageait sans bruit,
Et montait vers le ciel où la terre se mire,
Comme un encens offert aux splendeurs de la nuit;
Les étoiles brillaient sur ces profondeurs vagues,
Et l'azur était bleu si magnifiquement,
Que l'on eût dit qu'avec l'infini de ses vagues,
L'immense mer était montée au firmament!

Tout à coup une voix s'éleva dans les jungles,
Une voix qui parlait et pleurait tour à tour;
Ç'était un vieux Brahmine accroupi sur ses ongles,
Et sa barbe enserrait ses reins d'un triple tour :

« Brahma, répétait-il, j'ai chanté ta louange,
» Et je me suis baigné sept fois dans l'eau du Gange,
» Dès le jour où mon corps est sorti de ton sein;
» Le zounnar s'est usé sur mon épaule gauche,
» Et mon crâne sans poil est devenu de roche
» A force de heurter le seuil du temple saint !...

» J'ai lacéré mes bras, j'ai lacéré mes joues,
» Mon sang coule pareil au bétel, sur mes pas,
» Et ton char, à Djerna, m'a broyé sous ses roues,
» Selon qu'il est prescrit au livre des Védas;

» En quoi t'ai-je offensé pour me souffler dans l'âme
» Cet impossible amour qui me brûle les os,
» Et s'est un jour glissé dans.ma poitrine infâme
» Comme le serpent noir au milieu des roseaux ?

» Brise-moi sans tarder la tête d'une pierre,
» Maître, ou permets qu'enfin je close ma paupière !
» Le paria lui-même est heureux, car il dort,
» Et moi, pieux Fakir, voici déjà neuf lunes
» Que je pleure et t'implore aux longues heures brunes,
» O toi, Brahma-Sahib, qui naquis d'un œuf d'or ! »

Alors, pour apaiser son maître et pour lui plaire,
Il se mit à chanter la mort de Ravana,
Lorsque Rama vainqueur l'immole à sa colère,
Ainsi qu'il est écrit dans le Ramayana :

« Le traître Ravana fuyait sur sa cavale,
» Et ses jambes laissaient des lambeaux aux cactus,
» Et Rama le suivait, criant par intervalle :
« Rends-moi Sita, ma femme aux doux yeux de lotus ! »

» Mais il fuyait toujours incliné sur sa selle,
» Emportant avec lui deux flèches dans le flanc,
» Et Rama le suivait, prompt comme la gazelle
» Lorsqu'elle entend rugir le tigre au ventre blanc ;

> » Ils franchirent ainsi plus de cinq mille lieues,
> » Ils virent le désert qu'avait hanté Bouddha,
> » L'Himalaya lointain dont les neiges sont bleues,
> » Indra, que de si près nul œil ne regarda ;

> » Ils virent Ellora, sa souterraine enceinte,
> » Ses neuf temples bâtis sous des monts de granit,
> » Les pagodes du Gange, et Bénarès la sainte
> » Qui flottait autrefois du nadir au zénith !

> » Ils couraient... mais Rama, par une nuit sans lune,
> » S'élança tout à coup sur le dos du fuyard,
> » Il fit pencher son casque avec sa tête brune,
> » Et les cloua tous deux d'un coup de kangiar ! »

Et le Fakir chantait, et sa voix grave et pleine
Tombait et s'élevait du milieu de la plaine,
Et dans l'obscurité des branchages massifs,
De grands yeux enflammés le regardaient pensifs ;
Mais voyant que le dieu ne calmait point sa peine,
Farouche, il éclata d'un rire douloureux,
Que répéta l'écho du fond des bois ombreux ;
Alors, il arracha le djatha de panthère
Qui couvrait à demi son torse haletant,
Et, se précipitant la face contre terre,
Il se mit à crier, débile et sanglotant :

« O fatale Nedja, maudite soit donc l'heure
» Où mon œil t'entrevit au seuil de ta demeure,
» Maudits soient tes aïeux, ta caste et ta beauté,
» Et quatre fois maudits les flancs qui m'ont porté !
» Fallait-il que ta vue, ô fille des Raghouides,
» Vînt torturer le ver qui rampait à tes pieds,
» Et jeter dans son cœur de ces désirs avides
» Qui dans le Naraka doivent être expiés ! »

Ainsi parlait Kiouni; sa plainte douloureuse
Se répandait au loin dans la nuit lumineuse,
Et son corps se tordait sur les joncs embrasés
Comme un igname vert dont les reins sont brisés !

II

Vieux Fakir, où vas-tu ? Déjà la nuit arrive,
Sourya s'est couché dans son manteau de feu,
Et les astres du ciel voguent à la dérive
Comme des poissons d'or dans un océan bleu !

Banian, laisse-moi ! je suis maudit sur terre,
Les cactus du chemin me piquent de leur dard,
Et le peuple me hait autant qu'un zémindar !

Vieux Fakir, où vas-tu? La plaine est solitaire,
Les troupeaux d'éléphants rentrent dans leur enclos,
Et le tigre ayant soif se rend au bord des flots !

Banian, laisse-moi ! le tigre me méprise,
Moi, car je suis trop vieux et ma barbe est trop grise,
Il ne trouverait plus de moelle dans mes os !

Fakir, viens avec moi, viens, ma hutte est la tienne,
L'espace est assez grand pour qu'un hôte y contienne,
La couche est d'aloès, et le cary que j'ai
N'en sera que meilleur pour être partagé.

Banian, laisse-moi poursuivre en paix ma route,
Le seigneur Haddikar vient de donner Nedja
Sa fille, à Meydranour, fils aîné du Rajah,
Ils sont joyeux ce soir, et généreux sans doute,
Pour l'autel de Kali je vais quêter chez eux !

III

Le palais dans la nuit étincelait de feux :
Au-dessus des jardins et de l'ombre des arbres,
Les degrés lumineux des escaliers de marbres
Montaient, superbement drapés dans leur blancheur,

Encadrés de jets d'eau répandant la fraîcheur :
Les branchages touffus' balançaient des lanternes
Dont la flamme était bleue et rouge tour à tour,
Et parmi des flocons de brouillard, lourds et ternes,
Les clameurs du dedans s'épandaient à l'entour ;
Des trépieds sur le sol mis par groupes de onze
Faisaient un nouveau jour sous les cieux étoilés,
Et, mirant dans leurs feux leurs sabres constellés,
Des cipayes veillaient comme des blocs de bronze !

Par moments, l'hymne clair des vieux prêtres de Brahm
Se mêlait au bruit sourd du goug et du tam-tam,
Au delà, le festin donné dans une salle,
Dont l'ombre dérobait la hauteur colossale,
Mettait dans le regard des éblouissements ;

Vingt lustres d'or massif et quinze cents torchères,
S'échappant de la voûte ou des piliers géants,
Joignaient dans la blancheur leurs gerbes de lumières,
Et, se multipliant par leurs effets contraires,
Ecrasaient de rayons les convives bruyants ;

Les nuages épais que formaient les haleines
Montaient avec l'encens des cassolettes pleines :
Des femmes aux flancs nus dansaient en souriant,
Et l'oreille fermée à ces bruits de tempêtes,
Radieuse, au-dessus de cette mer de têtes,
L'épouse apparaissait ainsi qu'un orient !

Jamais être doué de beauté plus parfaite
N'était sorti des mains de l'aïeul éternel,
Et les vieillards disaient que Brahma l'avait faite
Des parfums de la terre et des candeurs du ciel !

Ses longs cheveux semés de perles et d'étoiles
Semblaient la réfléchir, tant ils avaient de feux,
Et sa poitrine d'ambre, à l'étroit dans ses voiles,
Se soulevait, ainsi qu'un flot mystérieux...

Meydranour lui parlait à voix basse, et peureuse
Elle inclinait son front comme un épi trop mûr,
Tandis qu'il enserrait d'une étreinte amoureuse
Sa taille aux plis flottants comme un brouillard d'azur !

Tout à coup, un Fakir, l'écume sur les lèvres,
Et frémissant, ainsi qu'un homme en proie aux fièvres.
S'élança de la porte... avec un cri strident
Qui domina soudain le tumulte grondant,
Et, cédant aux élans d'un stupide courage,
Il courut sur Nedja, bondissant, fou de rage...

On entoura cet homme, et malgré ses efforts,
Des gardes, sabre nu, le traînèrent dehors.

Nedja voulut parler pour demander sa grâce,
Mais son œil rencontra celui de Meydranour,
Et son regard voilé de langueur et de grâce
S'oublia dans le sien, tout humide d'amour !

IV

La fête avait cessé : les bayadères vives,
Les fanaux embrasés, les chants et les convives,
Tout avait disparu... le calme avait son tour...
Les fauves commençaient à rôder à l'entour ;

Le Fakir se mourait au bas de la terrasse :
Une lance clouait son bras droit à son flanc,
Et dans le fourré sombre où se perdait sa trace,
On entendait le bruit qu'il faisait en râlant.

Bientôt, un poids léger fit incliner les branches
Des lentisques auxquels il essuyait son sang,
Et comme deux esprits, deux longues formes blanches,
Passèrent, sans le voir, près de l'agonisant :

« Nedja, murmurait l'une, avec une voix douce,
» Voyez, nous sommes seuls : du couchant au levant,
» L'oiseau dort dans son nid de lotus et de mousse,
» Les lianes des bois frémissent sous le vent ;

» Tout est tranquille au loin, la nuit de sa mamelle
» Verse sur nous à flots son calme et sa douceur,
» Les roses dont l'haleine à la vôtre se mêle
» Semblent vous appeler comme on fait d'une sœur !

» Donnez-moi votre main , Nedja, ma bien-aimée,
» Le ciel a dérobé son diadème au jour,
» Un souffle de désir glisse dans la ramée,
» C'est l'heure des splendeurs et celle de l'amour !

» L'heure où l'âme s'en va si haut, que dans l'espace
» Les choses d'ici-bas semblent s'évanouir,
» C'est l'heure solennelle où, sous le vent qui passe,
» Les fleurs et la beauté doivent s'épanouir ! »

Et Nedja répondait : « Je vous aime, ô mon maître,
» Car vous êtes un ange au sourire vermeil,
» Et nous étions encor bien loin de nous connaître
» Que vous m'apparaissiez souvent dans mon sommeil !

» Et je croyais alors, dans mon erreur première,
» Voir Kama, dieu d'amour, Kama dont l'arc est d'or
» Abandonnant pour moi le séjour de lumière,
» Se pencher sur Nedja, tandis que Nedja dort ! »

Il reprit : « O beauté, sors enfin de tes voiles,
» Les parfums de la nuit te ceindront à leur tour.
» La mer a moins de flots, l'azur a moins d'étoiles
» Que tu n'as de rayons, de candeurs et d'amour !

» Oh ! viens, ton corps suave embaumera ma couche,
» Viens, je suis ton esclave et nos âmes sont sœurs,
» Que les baisers ailés s'envolent de ta bouche,
» Comme les colibris des grenades en fleurs ! »

Puis les jeunes époux s'éloignèrent dans l'ombre,
Et le Fakir les vit gravir l'escalier sombre
Du palais, et tous deux s'effacer lentement.

Tout le temps que la nuit enveloppa la terre,
On entendit dans l'air un long frémissement,
Des murmures confus glissaient avec mystère,
Des sanglots étouffés s'y mêlaient par moment ;

Quand le jour embrasa le faîte des murailles,
Celui qu'on appelait Kiouni n'était pas mort ;
Seulement, de la main qu'il avait libre encor,
Il avait de son ventre arraché les entrailles :

Un Parsi l'acheva de son kangiar d'or.

Louis DISPAN de FLORAN